让地球笑眯眯

为环保志工加油！

九州出版社
JIUZHOUPRESS

目录

·缘起篇·

环保，是高度爱心的表现。
慈济人全心全力投入环保志业，
在捡拾有形垃圾、爱护大地的同时，
也在清净自己的心地，扫尽心灵中无形的垃圾烦恼，
让心地的小乾坤得以调和，让心灵充满安详宁静。

净化人心，人间净土

让地球笑眯眯

环境保护、资源回收，是慈济四大志业八大脚印的其中一环。早于一九九〇年八月二十三日，证严法师应吴尊贤文教公益基金会的邀请，到台中新民商工演讲时，想起路经夜市时，人群散去、白天来临，触目所及都是散落街道的垃圾，又见会众听到精彩处报以热烈掌声，念头一起，即鼓励大家："用鼓掌的双手做环保。"

这一句轻轻的呼吁，进入了台中一位年轻女孩的心，她起而行，开始在邻里间推动"资源回收"工作，以回收物换取的金额赞助慈济。

如此美谈很快在慈济人之间传扬开来，大家一起响应证严法师的呼吁，纷纷在自家、社区、邻里之间落实环保，推动资源回收、垃圾分类减量，进而带动社区居民，推广为全民运动。现在，很多社区都能看到慈济环保志工的身影，人人以双手护卫地球资源。

一九九二年，慈济与金车教育基金会合作举办"预约人间净土——环保绿化"活动，为期一个多月，落实全民绿化、环保护生，珍惜地球万物资源。一九九四年起，推动“环保餐具”，进一步落实生活环保概念。

善念清流到全球

慈济环保成果不仅落实于四大志业中，从慈济绿色建筑中也能得到印证。

慈善赈灾时使用环保餐盒做便当，灾民用完餐，餐盒可以回收消毒再重复使用。慈济各医疗院所，也实施医院e化、资源分类回收、节水设施、雨水回收系统、员工自备环保碗筷、环境绿化美化、铺设连锁砖、太阳能照明等环保措施。

而在教育志业建筑上也有显著成绩，尤其九二一希望工程建设时，不但注重采光通风、绿化美化、垃圾不落地，并在工地中推动素食文化。色香味俱全的精美素食加上志工们尊重关怀的服务，受到工地员工支持，也奠立慈济特有的工地文化。

这般对地球温柔体贴的绿色建筑，同样体现在关渡慈济人文志业中心。另一方面，环保志工经年累月的努力，粒粒汗珠都化为护持的力量，“垃圾变黄金，黄金变爱心，爱心化清流，清流绕全球”，善念的清流就此散播到世界各角落。常听说有人看了大爱台的节目后，不孝的变得孝顺，想自杀的变得勇敢、自此懂得积极投入人生，很多感人的事迹，都是因为收看大爱台而改变观念。

慈济环保志业并不局限于台湾地区，现已开展到全球。全球慈济志工响应当地环境净化政策，并积极从事净滩、扫街、公园垃圾分类等工作；其善行倍受肯定，陆续受邀参与当地政府举办的环保盛会。

二〇〇五年，联合国欢庆六十周年，于美国旧金山市举行第三十四届“世界环保日（World Environment Day）活动”，慈济美国总会受邀参与，慈济委员范慈光于六月二日开幕典礼中代表致词，分享慈济环保工作及心灵环保理念。

新环保五化运动

二〇〇五年六月三日，证严法师正式向海内外慈济人呼吁响应“环保五化”运动，慈济环保志业至此跨入新纪元，从“鼓掌的双手做环保”、“垃圾变黄金、黄金变爱心、爱心化清流、清流绕地球”，步入“环保五化”新里程。

何谓“环保五化”？即是年轻化、生活化、知识化、家庭化，以及心灵化。

环保年轻化

伴随着地球资源耗损的警讯，世界各国开始重视资源回收，环保意识逐渐抬头，推行环保、落实环保成了时代潮流新趋向，投入环保工作的年龄层也跟着降低。目前，全台湾地区有四十二所大专院校的慈青社，在校园内积极推动净滩、扫街等活，并利用课余时间宣扬环保意识，向下扎根至中小学校。

环保生活化

二〇〇五年八月中旬，一则由卫生部门公布的消息表明：市售的免洗筷、竹签、牙签等抽验结果，一半以上有漂白剂二氧化硫或过氧化氢残留。

当人们出门用餐，享受便利却又担心损害身体的同时，慈济人早已奉行生活三宝，用餐自备餐具，安心又卫生。出门携带环保碗、筷、杯，购物备妥购物袋，环保习惯随身、落实生活中，不但可以减少地球资源的浪费，更能保护自身健康的安全，也不必在用餐时胆战心惊。

环保知识化

环保的意义与道理，必须全民达成共识，进而落实生活，才能真正做到环境保护。“数字会说话”，根据环保部门研究统计，每制造一公吨的纸张（约五千份报纸），须消耗二十棵高度八公尺、树径十六公分的大树，然而每棵树要长到这么大，平均需要二十年至四十年的时间。换句话说，如果能回收五千份的报纸，就能拯救二十棵约二十年生的大树。另外，喝完即丢的铝罐，即使经过五百年还能保持不坏；若能回收，少制造一个铝罐所节省的电力，可以让我们看上三个小时的电视。

全省慈济环保站，已成为各级学校、机关环保教育最好的课外教学站，由老师带领学生来了解什么是环保，进一步实际参与资源分类工作。全民“环保知识化”，观念一代传承一代，才能做到保护地球、守护未来的希望。

环保家庭化

光是拥有概念还不够，还要带入家庭里、带给家人们，从自身做起、身体力行，将环保落实生活，来影响家人、带动家人，全家一起动手做

＊环保静思语

打开心胸、拥抱大地，让大地的生命都因有爱而滋长。

草根菩提故事 · 壹

生命有限，慧命无穷。
在慈济世界中，有许多环保志工秉持着
“分秒不空过”的精神，
为净化大地而努力付出，
心中只有欢喜没有苦，
他们不只改变了自己的人生，
也影响了许多人的心灵世界，
环保志工吴珠瑞师姊是最好的例子。

走出忧郁

吴珠瑞，是台北信义区的培训委员，
二十多年来，她总认为这辈子
摆脱不掉忧郁了，
这个无从排解的苦如影随形地纠缠着她，
就在以为人生无望时，
才惊觉身旁那个一直
被自己忽略的可靠肩膀，
从未放弃过她，
更默默地在一旁守候，
期待有一天能牵引她，
走出忧郁。

我从年轻时，
就有轻微的忧郁症，
二十几年来，
每天晚上，
一定要吃安眠药
才能入睡。
但是，
很多时候，
就算吃了药，
还是整晚翻来覆去的，
辗转难眠。
这时候，
也只能爬起来呆坐着
直到天明，那种等待
黑夜过去的滋味，
实在很难受。

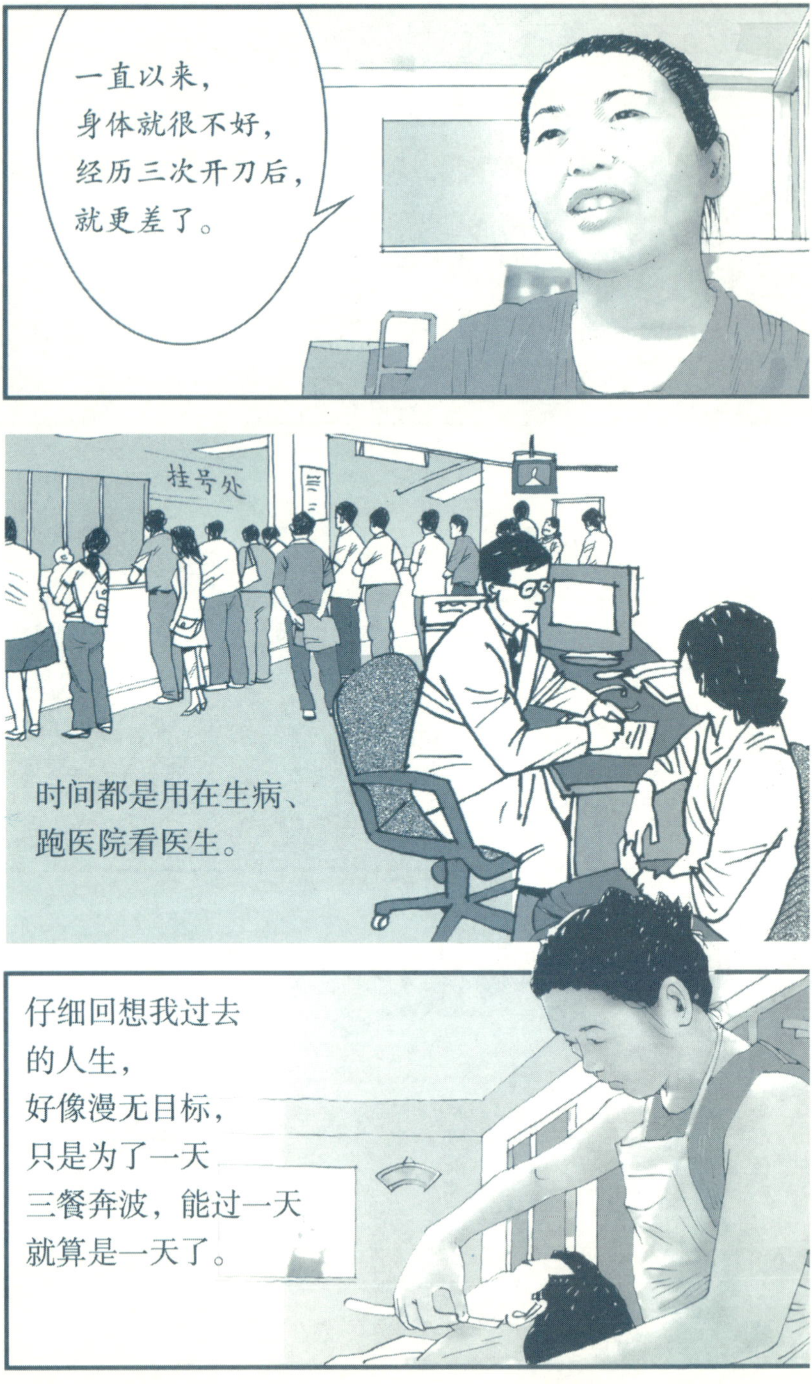
一直以来，
身体就很不好，
经历三次开刀后，
就更差了。
挂号处
时间都是用在生病、
跑医院看医生。
仔细回想我过去
的人生，
好像漫无目标，
只是为了一天
三餐奔波，能过一天
就算是一天了。

我小学一毕业，
就被送去学理发。
理发师傅家住在山上，
那地方很偏远，搭车到
山脚下后，还得走两小时
的山路才会到他家。

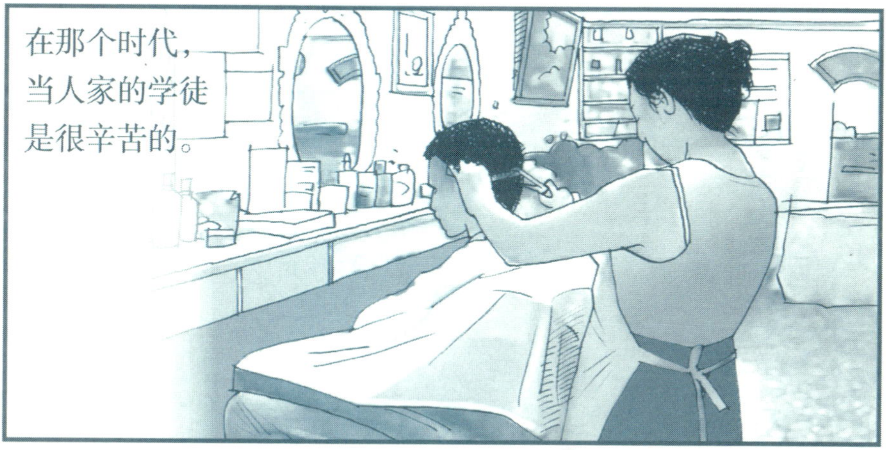
在那个时代，
当人家的学徒
是很辛苦的。

首先，
要与师傅签一份契约，
一签就是两年，
在这段时间里，
师傅家里
所有的事都要做。
契约书

当时我才十三岁，
个子又小，
山上没有自来水可以用，
我得去挑水，
还要洗师傅一家人的衣服。
除此之外，
也要帮着带孩子；
小孩背着也是得工作，
而每个月，
只会给我几十块钱
的薪水而已。
要是吃不了苦，
没有做到两年期满
中途离开，
就得拿钱出来偿还
这段时间的吃饭钱
和住宿费呢！

学习理发的过程里，为了要有熟练的技术，兵营里的福利社就成了我练习理发最好的地方。

就算我不小心理得太短了，他也没辙，要是在外面的理发店，人家一看你是学徒，根本不让你剪。

理髮廳
后来总算可以独立经营一家理发店，也结婚生子了，却在这时偏偏被忧郁症紧紧纠缠着，而且一缠就是长长的二十年。
那种锥心的痛和折磨，很难用言语形容。
有一段时间，碰上情绪低落或是小孩子不听话时，怒气一上来，我就会失控、抓狂，还会有个念头，想放一把火，烧掉所有的一切。

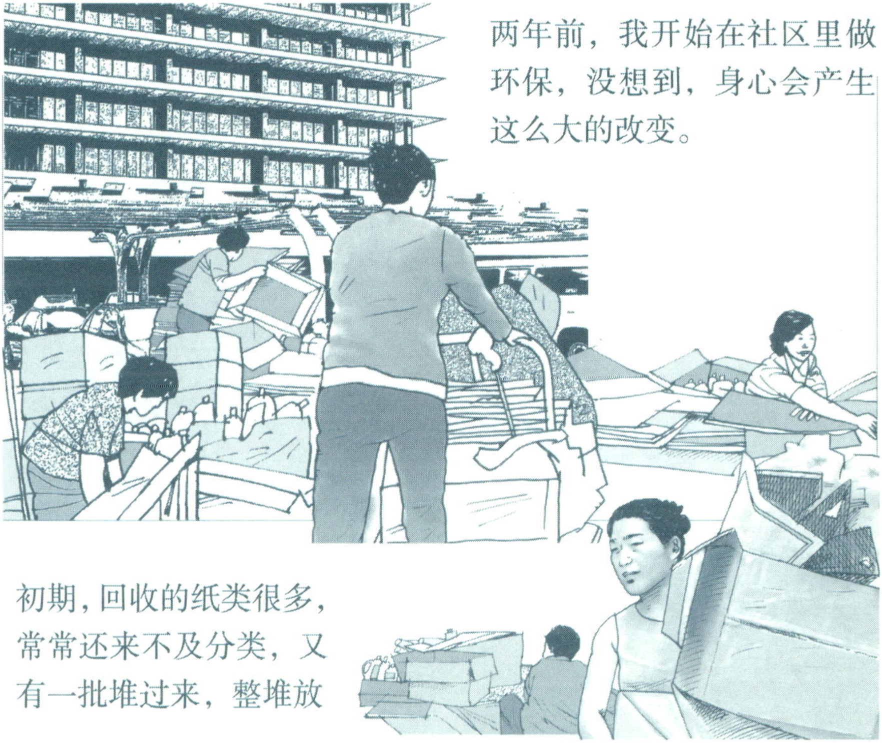

两年前，我开始在社区里做环保，没想到，身心会产生这么大的改变。

初期，回收的纸类很多，常常还来不及分类，又有一批堆过来，整堆放

在店门口，不整齐也不好看，就会急着整理。往往一做就忙到晚上十二点，却也因此让我忙得没时间多想，没时间情绪低落了。

自己也觉得奇怪，
环保做得这么累，
心情却很好，
即使送给我再多的钱，
也没办法换得
这种快乐！
更奇妙的，
以前身体那么差，
现在每天做这么久，
身体也没怎样！
恐怕没人会相信，
以前的我
竟是一个多病、
多烦忧的人吧！

我有空就做回收，没有特定时间，社区附近的办公大楼，或是小巷子，都是我做回收的地方。

通常早上出来捡一次，中午吃饱饭后，稍微休息一下，就到各个定点收一收，这些定点，都是一个个去找出来的呢！
他说人家一看到慈济两个字，就会知道我们不是为自己私利才做环保。
没有定点的社区，就要一条条巷子绕来绕去的，好像在绕佛一样。这推车上的慈济贴纸，是我家师兄贴的。

每次我在垃圾桶里翻找时，旁边都会有人跟我说：
那都是垃圾啦，没啥好翻的。
不止耶，还有黄金，是你们没看见啦！

没做环保以前，
我吃了足足二十年
忧郁症的药，
一天要吃四次；
现在却只须吃一次，
连安眠药都不用了。

我想，
除非是自己的心情
能放轻松，
把心放开，
否则也没什么仙药
可以医治我的病。

算起来，环保就是我找到的仙丹妙药吧！
最近我很少到理发店工作了，都是请侄女帮忙照顾店里的生意。
我认为人无法两全其美，若是这边不能“舍”的话，另一边就不可能“得”，所以，我选择做环保，那就得舍下店里的生意。
来，把这个拿去回收。

欢迎大家进来看一看哦！
这个都是全新的耶！
这个地方，本来是缝制福慧袋的，福慧袋的工作撤走了，屋主把这地方借我们直到年底，
所以我们就利用这段时间，义卖一些东西，义卖的所得，是要捐给大爱电视台的。

做回收时整理出可用的东西，就拿过来这边卖卖看。

短袖的卖三十元，长袖的卖五十元，这样卖，总比回收场用秤斤的价钱来得好。

看起来蛮新的耶！
这个鞋一看，就知道有在保养。

我家师兄开始做慈济时，我心里就很纳闷，他的工作已经很辛苦了，

我会进慈济，
主要是因为听到
证严上人说：
“你做是你所得，
我修是我所得。”

为什么放假时
又做慈济，
而且看他做慈济，
比工作赚钱
还高兴。

那时候，心里就有一点觉悟了。师兄做慈济，修的是他自己得的，就如同吃饭一样，他把饭吃到肚子里是他肚子饱，我的肚子又不会饱。
他很早就想带我进这个团体，只是我当时的意愿比较低。
所以他要求师兄姊，有空来我们家，陪我聊聊天，看能不能把我带进慈济。

我很感恩师兄，因为有他的陪伴、牵引和包容，我才会走出来、接受培训。
也谢谢在座的各位师兄姊，感恩大家！
完

·佛典篇·

慈济环保志工放弃了有形的修行方式，
以街道为道场；以健康的心理，
战胜生活中的不如意，并且发挥生命良能，
将做环保当作修行。这样的人生何等丰富！

垃圾堆中的修行

佛经上记载一个故事，有一回释迦牟尼佛来到一个小城镇，大家知道佛陀来了，都赶着要去听佛陀讲经。当时的社会能听佛讲经的都是社会上流人士，如国王、大臣、长者等等。那时，有一位妇人心里想：“去听佛讲经的人，都是社会上有名望的人，为什么我偏偏是一个贱民呢？”

这位妇人是一位清洁工，成日清扫街道，捡拾牛粪、马粪，她觉得自己的身份无法接近佛陀，没办法去听经，所以内心很难过。

佛陀远远看到这位妇人站在角落，就故意走近她身边，呼唤：“来，善女人！你来。来到我的门下，没有贵贱分别，你赶快回去沐浴，等一下来听经。”妇人听了不敢置信地说：“我也能去听经哪？”佛陀回答：“能，所有人都是平等的。你来吧！”妇人听了很欢喜，赶快扫好地，把马粪、牛粪收好，回去沐浴，换上一套最清洁的衣服，就前去佛陀讲经的处所。

到达时，佛陀已经开始讲经，国王、大臣、

长者等全都尊重恭敬地端坐佛前。佛陀见到妇人来了，就说：“大家回头看一下，这位善女人，她是不是很高贵呢？”大家回头看，眼前一亮，真的是位很高贵的妇人。佛陀说：“来！高贵的善女人，到前面来。”有人就赶快让个位子，让她坐在前面。

佛陀接着对大家说：“这位高贵妇人的心，超越了你们每一个人，她的内心毫无污染。虽然她的身份是贱民，但是她用最真诚的心为大众清扫街道，让大家享受洁净，这份心是最清净的。”

这位善女人听到佛陀的称赞，禁不住痛哭流泪，说道：“佛啊！我何德何能接受您的赞叹！如果这些付出真如您说的那般高贵，又为什么我会生为贱民，受到大家的鄙视呢？”于是佛陀说出这位善女人过去生中曾有大善念、行大布施，却因为一念计较、贡高的心，所以随着因果业报投生为贱民。幸好她曾行布施，才有福德与佛同世，又能与佛相遇，得到佛陀亲口为她说法，这就是行善之福！

佛典中如此记载，这位善女人所做的工作，就如现在慈济的环保工作，她清扫街道，将牛马粪便捡回去晒干，可以拿来盖房子，也能用来升火，一样是在修福。

慈济环保志工，成员不分年龄、不分职业，他们以街头为道场，不畏炎寒、脏臭，不求回报。许多老人家没有学识，没有金钱与高位，却在这里做得欢喜尊严，因为这里是一个最平等的所在，每一个人都以付出为乐，以身为大地的园丁为荣。

其中有些人原本就是佛教徒，从前他们精进用功，每日早晚课诵，打坐念经、参加法会，每一项功课都不缺席。各种因缘下他们成了环保志工，这下时间、地点、方式皆抵触，到底应该选择哪一边呢？

看到脏东西弯下腰去捡，就是拜佛；
沿着街道回收资源，就是绕佛。

基隆有一位九十三岁的阿嬷，每天天未亮就起床，她将尿袋绑在脚上、穿戴得整整齐齐出门做环保。她说：“我一大早就开始念佛、绕佛——看到脏东西弯下腰去捡，这就是拜佛；沿着每条街道进行资源回收，这就是绕佛。”

这位阿嬷的眼睛很亮，头脑很好，还能够自己搬运回收物品。即使在炎热的天气下，她依然做得非常开心；有人问她：“阿嬷，您怎么整个脸红通通？”她说：“做得健康，脸色才会红润！”

她的毅力感动了附近的邻居，不但拨出一个空间搭了简单的屋顶，让阿嬷摆放回收物品，并且也跟着一起投入环保工作。

我什么都不缺，只缺足够的时间，
让我去做更多好事。

高雄县有一位环保志工，她一生的时间都在家庭和工作中打转，一个人要持家、养育子女，肩头的担子非常沉重。

在她三十多岁时，医师宣布她罹患癌症，当时孩子还小，先生又不负责任，她只好拖着生病的身体，继续撑起家庭重担。

她也曾满怀怨恨，心中也曾生出不好的念头，但是，自从十多年前接触了慈济，明白“甘愿做，欢喜受”的道理，便不再怨天尤人了。

为了生活，她承担了两份工作，如今，她还是慈济的环保志工和委员。每天清晨六点多她就出门做环保，无论刮风、下雨，无论冬天、夏天，她都在街道上捡拾垃圾，回收纸板、保特瓶、铝罐等资源，等整理好回收物再料理家务，之后又马上投入工作中；工作一结束，她又继续去做资源回收分类，常常回到家中都已超过晚上十一点。

有人劝她：“你整天忙得像陀螺，连睡觉的时间都那么少，真是虐待自己。”她则说：“我什么都不缺，只缺足够的时间做更多好事。别人的时间是一分钟过了再接下一分钟，我则是三分钟和两分钟重迭——利用三分钟的时间做五分钟的事。”

有些人过度爱惜自己，深怕身体太劳累或受到一点点伤害；尽管有很多理想，却因怕劳累、怕伤害而故步自封——明明应该向前行，却因为这份心态挡住了精进的道路。

然而这些环保志工，有些人放弃了有形的修行方式，以街道为佛场；以健康的心理，战胜生活中的不如意，并且发挥生命良能，将做环保当作修行。这样的人生何等丰富！尽管生命有限，慧命却能永存。

*环保静思语

放下身段做环保，就是一种修行。

草根菩提故事·贰

凤娇阿嬷做环保的诚心恭敬，
已经达到某一种忘我的境界了，
忘我即是禅定。
慈济的环保志工从“做环保”中
体悟生命的智慧。

欢喜阿嬷

林赖凤娇，是台北中山区的环保志工，
每天最重要的事，就是做回收，
可以不吃饭，可以忘记喝水，
就是不能不做环保，
用心、用全力付出的地步，
连女儿都自叹不如。
台北中山区慈济委员林华丽，
就是凤娇阿嬷的二女儿，
她要把这样一个可爱又值得赞叹的妈妈，
介绍给大家。

这个球场我妈妈天天都来，很多人都觉得好奇怪，每天那么多人来打球，把球场弄得脏兮兮，

我妈天天来，不管几点，即使晚上十二点多，打球的人都跑光了，她还在这儿打扫。

可是天一亮就变得好干净，连这个学校的校长都不知道，到底是谁来打扫的呢！

有些人就会很好奇地问她，是不是有人付钱叫她来？其实哪有，是她自己要来的啊！

这么好的一个球场，来打球的人，有人带了饮料来，走的时候，就随手乱丢，或是忘了带走，再加上一些垃圾，球场就变得好脏。所以妈妈来捡一捡、扫一扫，隔天一大早来运动、打球的人，才会舒服。
一个肮脏的球场，没有人会想来的啦。糟蹋了一个让大家运动的好地方，而我来打扫，还可以捡一些瓶罐回去，这不是一举数得吗？
我如果太晚回去，女儿都会念我，可是，我就是要做自己喜欢的事。

妈妈做环保，我们几个姊妹都很支持，可是她常常晚上十一、二点还在做。
她一整天流连在那个球场的时间特别多，
我们如果在家里找不到妈妈，到球场，一定可以找到她。
真的没想到，妈妈会做得这么投入，几乎是全心全意的付出。

真奇妙，
刚开始，
只有我在做回收，
当时妈妈没有
反对，但也没有
很支持。
我捡回来的瓶罐、
纸张，堆在门口，
她就会抱怨。
再加上夏天一到，
会有一些怪味，
她就会很生气。
味道
不好！
但是现在，她
却变得比我还
认真投入，令
我自叹不如。

以前，
妈妈被胃溃疡
困扰了几十年，
每年至少要住院一次，
还曾挂过两、三次的
急诊。每趟去都得
住上一个星期，
让人非常担心。
后来，
我做慈济，
就把妈妈带在身边。
我想一起
做些善事，
看看能不能让她
身体更健康。

证严上人说，资源回收就是无为师，它的功德大过于财宝。我希望妈妈能够发一个好愿。
一起做环保，改变心念，试试能不能调整身体，让自己更健康。
没想到，妈妈当下点头答应，很干脆地跟着我一起做环保。
结果，她就这么一头栽进来，做到现在，变得不可自拔了。

住家附近因为餐
厅、办公大楼很
多，我和妈妈都
会去餐厅厨房里，
回收纸箱或是瓶罐。

那些厨师或老板
看到妈妈
年纪这么大了，
还做得这么认真，
经常称赞她呢！

遇到风趣的老
板，还会逗她开
心。所以，妈妈
也觉得做环保，
是她最快乐的时
候。

对呀，像那家素食餐厅的老板，每次我去，他就会讲些笑话，逗得大家哈哈大笑。
而且他人很好，常会把桶子啦、罐子、纸箱，都留给我耶！
有时候我白天没空，晚上才去拿，他还特别留下来给我。
每天日子就是这么开开心心地过，谁说老人没用，
只能在家等吃、等死，像我这样过生活，每天都很快乐啊！

只要一提起做环保，妈妈精神就上来了，那种旺盛的精力，连我都比不上。不过，一回到家里，她就瘫了，整个人都没力。
Z Z Z
她会累得边吃饭边打瞌睡，有一次还把手上的碗和饭摔翻在地上。
这种情况常常发生。
看妈妈做得这么累，我也很舍不得，可是她想做环保的心，没有什么可以阻挡的。

遇上下雨天，
我女儿就不让我
出去。但我看到
雨变小了，
便赶快跑出去。
女儿会在后
面一直喊。
因为我会趁
她在房间时
赶快溜出去
了。
妈妈！
你不可以去！
我怕妈妈体力透支，
尤其妈妈
常做到忘了吃饭，
这件事我最在意。

因为回收物放在楼梯口，会挡到别人，害人出入不方便，这样人家就不会支持我们做环保。

有一次，我回到家，怎么叫也没人回应，结果看到她趴在桌边，口里还含着一颗馒头，原来是睡着了！
当下我的眼泪不听使唤地流了下来，她竟然会那么爱做环保，即使累到不行，还是要做下去，真的很佩服她的毅力。
什么毅力？就是做啊！哪有那么多理由呢。

女儿当初也是看我身体差，就鼓励我做环保，当成锻炼身体，
没想到做了之后，真的什么病都没有了，谁会相信我以前常住院。
每天，我把家里整理好，就急着出来做环保了。
像我这顿饭吃完，又要赶着去别人家里回收衣服。

只要一听到有回收可做，我妈妈就好急。冬天快到了，她就会开始担心瓶罐变少了，没事可做。
我建议她，附近公司行号多，可以回收报纸、纸箱，那些价钱比罐子还要好，她一听，信心就来了，每天到处去问、去找。
渐渐地，又开发出新的回收点，量也愈来愈多了。她的喜欢、快乐，全都来自于做环保。

记得我开始做慈济时，妈妈看我整天忙进忙出的，做得好累，她就常骂我，干嘛要做到这个样子呢！
现在，反过来看妈妈，我也会想告诉她，别做得这样累。不过，回想自己当初即使做得再累，也是心生欢喜，现在，我又怎能剥夺妈妈的这份欢喜呢！
我觉得妈妈做环保的那份诚心、恭敬心，已经达到禅定的境界了，她能做到忘我，不就是禅定吗？

证严上人曾说，
母亲和孩子的心
是相连系的，
用好的心念传达
给我担忧的孩子，
会很灵验喔。

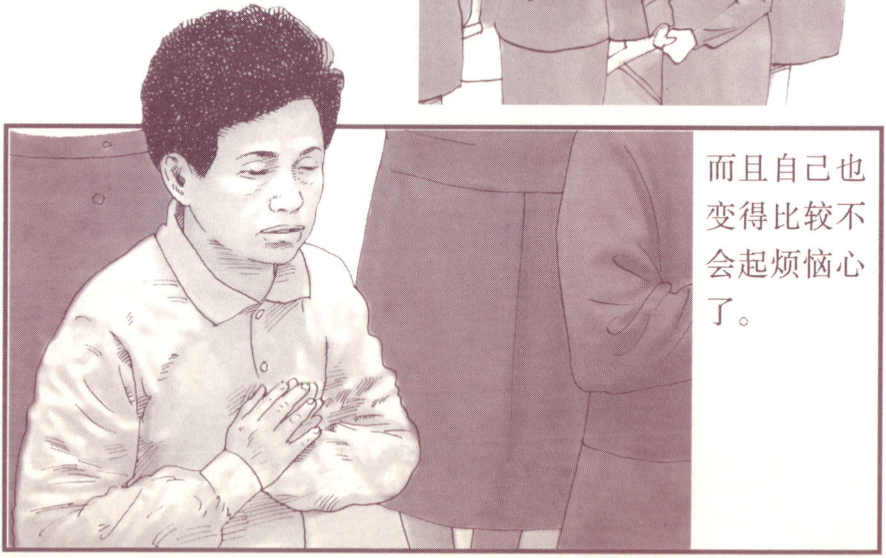

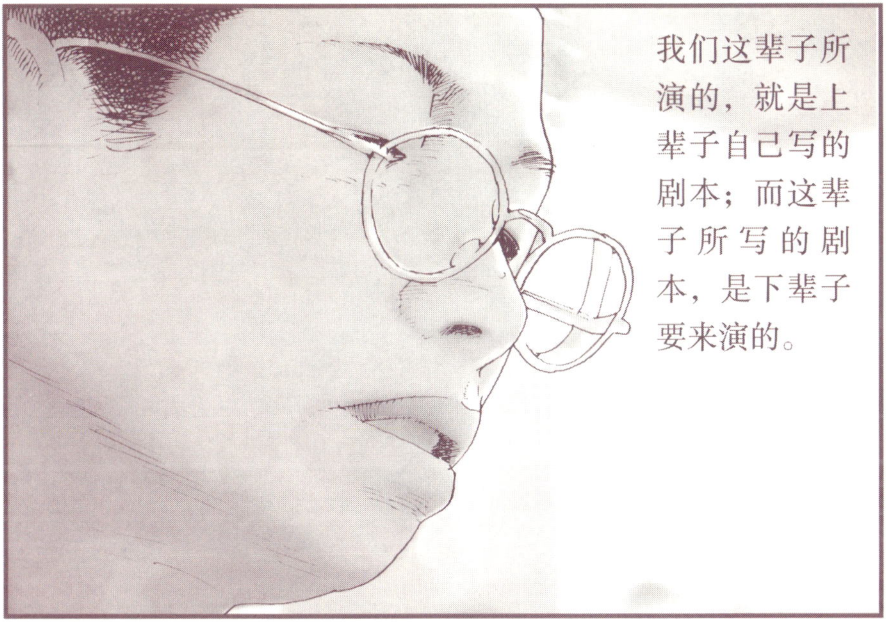
我们这辈子所演的，就是上辈子自己写的剧本；而这辈子所写的剧本，是下辈子要来演的。

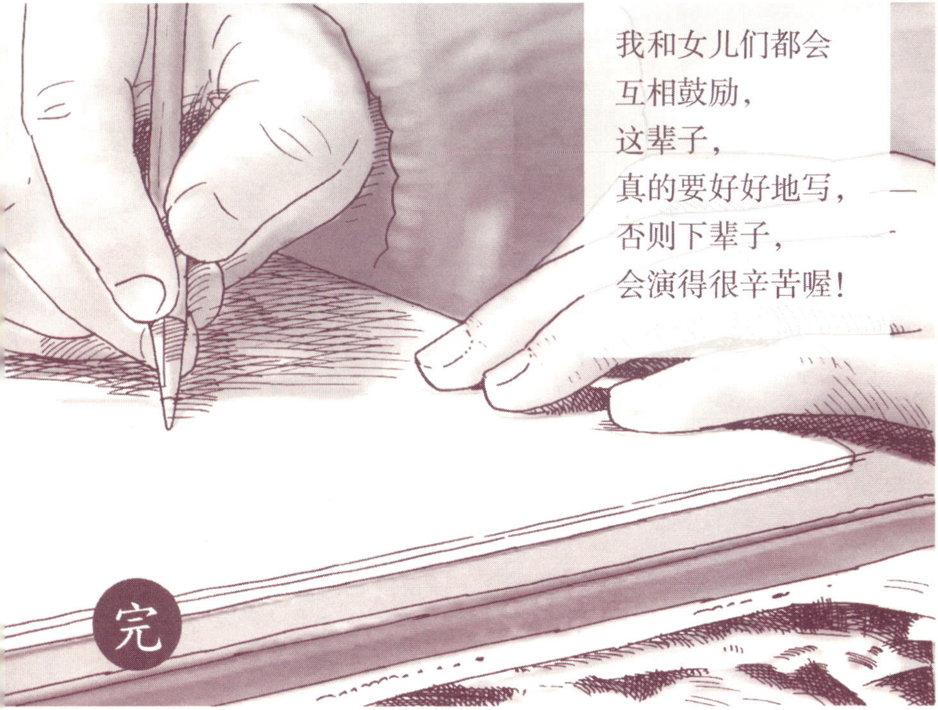
我和女儿们都会
互相鼓励，
这辈子，
真的要好好地写，
否则下辈子，
会演得很辛苦喔！
完

·心灵篇·

天天生活在感恩中，日日推广好的理念，
尊重爱护自然万物，惜物惜福，
不任意丢弃还能使用的物品，就合乎身心灵环保；
心灵的道路畅通，人生就不会郁闷了。

感恩、尊重、爱

“一做环保身体好，二做环保智慧高，三做环保是非少，四做环保无烦恼，五做环保生活好，六做环保造福田，七做环保实修行，八做环保子孙好，九做环保消灾祸，十做环保心净土。人人出力做环保，用心疼惜咱宝岛啊咱宝岛。”

这是慈济环保志工自编自唱的环保歌，易懂易记又喜气，听来令人满心欢愉。没错！从事环保回收工作，一方面活动筋骨，一方面也在弯腰捡拾中，“去我执、灭我相”，让紧绷的心灵得到松驰自在，可说是身心灵的全方位环保。

做环保，
身体好了；心开了

一位环保老志工，在七十多岁时原本因为脚痛而不良于行，每天只能待在家里。认识慈济后，志工试着带她出来参加资源分类工作；一开始让阿嬷坐在椅子上做，但她看年轻人站着踩宝特瓶好像不是很困难，于是也站起来学着踩，每踩一下就念一声“阿弥陀佛”，踩了几年后，不但脚不痛了，九十岁的高龄还能任意走 。

还有一位患有气喘的老阿嬷，儿子替人顶罪而入狱，对方承诺的安家费却没兑现，已出嫁的女儿家境也不好，两老不忍心向女儿拿钱，生活顿时陷入困境，连健保费都付不出来。后经里长提报慈济，纳入长期照顾户，两老生活才出现转机。

长久接受慈济补助，阿嬷也想回馈，便开始沿街捡垃圾、做资源回收，成为一位环保志工。阿嬷说：“阮刚开始捡，很不好意思，拢要先看看附近有没有人，如果没人，才捡，怕人把阮当作捡破烂的欧巴桑！”不过，转个念头想想：“既然是做好事，怎么怕人知道？阮又何必在意旁人眼光？”心态也就慢慢调适过来了。

阿嬷一边捡，一边向街坊邻居推广回收分类的概念，许多邻人会将可回收物定期拿到她的住处；于是，后阳台成了她的“工作室”，各式各样整齐的回收物都是阿嬷的心血结晶。

有时别人看到会问：“阿嬷，您捡这个可以卖多少钱？”“阮不知影啦！这拢是要捐给慈济的。”一些善心人士知道阿嬷家的情况，曾要捐钱给她，她却说：“不要给阮啦！恁可以捐给慈济功德会，救更多的人！”阿嬷身体渐渐好转，每天早出晚归回收资源，回家后还要老伴一起做分类整理工作，生活忙得不可开交，也充实起来，一扫原本灰暗空洞的日子。阿嬷说：“儿子出狱后，也要带着他一起来做。”

头家妈做环保，奔驰车载回收

小人物做得心开运通，有些在社会上颇有地位的人也一样弯腰做环保，很多董事长开着奔驰车去回收资源，做垃圾分类。比如：声宝公司的前董事长夫人，儿子买了一辆奔驰车给她，又请了一位司机，每天黄昏时，她就请司机开车到士林回收场。

他们把车停在那儿，戴起手套就开始做分类，回收物捆一捆,又用奔驰车载去卖。司机说:“嗳哟！我们‘头家妈’每次要我开车，都是载这些垃圾去卖，有时候卖不到二十元。但是她都很高兴！”

所以说，“街头巷尾是道场”，做垃圾分类，能够净化自己的心灵，除掉贡高骄傲的心态。从前穿名牌、戴钻石，无法满足虚荣心，现在辛苦半天才得到二十元，却换得踏踏实实的欢喜。这位“头家妈”带了许多高级主管、董事长一起来响应。

身体力行三好，完成净化三愿

近年来气候转变剧烈，环境污染、水土保持

失调，连臭氧层也破了洞。我们若是疼爱子孙，就要赶快还给大地清净的面目，呼吁人人能有水土保持、资源回收的观念，做好大地环保。

证严法师呼吁人人“心发好愿，口说好事，身行好事；净化人心、祥和社会、求得天下无灾难”，其实这三好三愿，环保志工们都努力在做了。要净化人心，首先要从自己净化，对人感恩，对事感恩，时时感恩，能够这样，社会就能祥和，天下少灾难。很感恩环保志工，他们不忍心大地继续受毁伤，伸出手来肤慰地球、保护地球，让我们的社会更清净；这些老志工、年轻志工、小志工不仅净化环境，更净化了人心；他们惜福、造福，这也是一种心灵环保。

我们保护心灵、守护大地，更要尊重万物的生命。SARS 疫情威胁以来，慈济更加大力推广“心素食仪”运动，以护生行动来防疫，同时做到“体内环保”，素食就是净化身心的健康饮食观。所谓“病从口入”，许多疾病都源于贪图口腹之欲。而众生有命，虽然外貌与人不同，求生的意志与面临死亡的惊恐痛苦却都一样，若能茹素，就是保护自己的慈悲心，培养清净的大爱，此即心灵的环保。

“感恩、尊重、爱”，能天天生活在感恩中、日日推广好的理念，尊重爱护自然万物，惜物惜福，不任意丢弃还能使用的物品，就合乎身心灵环保；心灵的道路畅通，人生就不会郁闷了。

*环保静思语

用爱抚慰人类心灵的创伤，更要用爱抚平地球的创伤。

草根菩提故事 · 叁

借由环保工作，
大家才体会到同心协力有多么重要。
在台北市信义区这样寸土寸金的繁华都会区，
慈济的环保志工一步一脚印，
从几个人发起，且苦无回收定点，
到现在这么多人参与，
这种感动是金钱买不到的。

愿力依随

洪秀绵，是台北信义区的慈济委员，
自小生长在穷困环境的她，
最能感受人生的苦，
修佛后，才放下对艰难生活的怨。
现在，她以环保作为修行的起点，
一路走来，才真的领悟出
心诚则灵、有愿就有力。

印象中，
自我懂事以来，
日子就没有好过。
我们家实在很贫穷，
连让小孩吃饱、
上学都很困难。

而今生，
只是知道一点，
就是赶快做、赶快努力，在困难的生活中也要学习帮助、布施别人。

厨房的事情，
我很小就会做了。
现在，到关渡园区，
做香积也很顺手。

我在家排行老三，有一个大哥，一个姐姐，下面有四个弟弟，年纪比较大的就要帮忙做家事。
尤其是我和大姐，在我们够大时，就已经要出去赚钱，贴补家里的开销了。
因为我们两个开始工作，家里的生活才比较好。但是，我们就没有机会读书了。
那时候住彰化海边，两姐妹去剥蚵蛎赚钱，这份工作蛮辛苦的。

认识的字不多，做什么都好辛苦。像当初在慈济培训的时候，就很糟糕。
别人可以看书、可以看资料，我却不行！很多字都不认得，一本书翻不到几页，根本看不下去。
所以我得比别人更认真。别人不注意听，可以回去再看书，而我这次没听到，就没有了。
证严法师说故事
A
不管学什么，都要用心听，靠记忆，还好有录音带帮忙。

惊天地 动鬼神
金刚经
金刚般若波罗蜜经
金刚般若波罗蜜经
弥陀赞
地藏王菩萨本愿经 3
地藏王菩萨本愿经 2
你们看，
我有很多
录音带喔！
有《地藏王菩萨
本愿经》，
还有证严上人
的开示。
我全靠听
录音带学习。
我听过好多好多
录音带，
听一听，
一阵子就会忘记，
偶尔就再拿出来，
复习一下。

慈济的师兄、
师姊都很亲切和善，
有些人的遭遇
比我不幸，
日子比我差的，
也都能积极乐观
地生活。

做回收要有定点，这在寸土寸金的台北信义区，实在是太困难了，所以我在屋前的大马路边停一部环保车，当做定点的回收处。

后来想了一个办法：当环保车一开走，就马上把志工的自用车开过来停在这个位置，等环保车一回来，再把志工的车开走。

这样社区的民众，才会习惯有这个定点，把回收品拿来这里放。

我大概是一九九六年以前就做环保了。先是在春天百货那边捡纸板，再请松山的师兄来载运。

因为证严上人提倡做环保要落实社区，信义区才有一位慈诚师兄，带着两位环保志工开始做回收。

现在，信义区已经有四台回收车，还有二十多个定点了。可以号召这么多人来参与，真的很不容易啊！

以前回收的风气不是很盛行，得要沿街收集纸箱，一边和社区居民建立关系，希望能带动社区，一起做资源回收。

渐渐地，大家才习惯把回收物放到定点，虽然，这个回收点很简易，可是净化人心，不就是从这样一点点做起来的吗？

像遇到大型的回收日，必须借用协和工商的操场，快速地把东西分类好，马上载到回收场卖掉。时间很紧凑，我们全家都得出动才行。

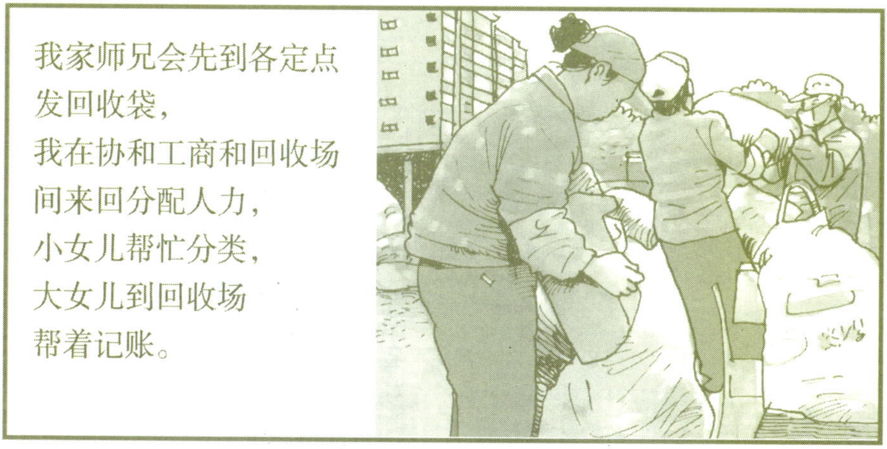
我家师兄会先到各定点
发回收袋，
我在协和工商和回收场
间来回分配人力，
小女儿帮忙分类，
大女儿到回收场
帮着记账。

分类的工作，我现在可以做得很仔细了。许多东西，我一看就知道那是什么材质。

起先我也看不懂，
后来和回收场熟了，
就在旁边看他们
收购的东西，
并且记下来，
现在就可以分得很细，
价钱也比较好。

像昨天回收场的老板不在，我还可以帮他处理咧！合作那么多年，大家就像朋友一样！

咦，这个袋口绑得不够紧，会掉出来哦，重绑比较安全啦！

有一些志工很发心，一直去捡，一直去找，大家都想做好事。
从几个人开始做环保，到现在这么多人一起参与，那种感动是用钱买不到的。

有人拼命捡，就得要有人拼命载才行，还好，有我家师兄帮忙，不然真的是做不来。

我师兄以前在轮胎工厂工作，所以会开堆高机，现在做回收，他就派上用场了。

他做环保也很卖力，每天下午骑着摩托车跟在环保车后面支援，大家常开玩笑，叫他“班长”。

做环保，需要很多人的支持，碰到志工都要上班，缺人手时，也没办法啊！
这时候就应了证严法师说的话，有心就有力。才在烦恼人手不够时，偏偏会有人打电话来，就这样被我拉来帮忙了。
只要有心做，你在担心的事，马上就有解决的办法了。
这种事，已经不是遇到一次、两次了。
做回收，很多人都说我们是在捡垃圾，其实仔细去看，里面很多宝耶！从回收里，可以找到很多可用的东西，送到福慧站，整理后再义卖出去。

后来，
我师兄把许多回收的二手衣，载到市场，
请一位师姊义卖，
偶尔他也会跟着在旁边大叫——
义卖！
义卖！
二手衣义卖！

也许因为急，或是本来脾气就不好，他常会指使别人，还开口骂人。可是慈济的师兄人都很好，修养也够，大家都会容忍他。
你说，这样的坏习惯，怎样去培训呢？总不能当个慈济师兄了，还骂人吧！
几年下来，当然也慢慢修正了，但是心情不好，或是火气上来时，气真的还是很大。
喂，东西太多了！要掉下去了！

他做得很努力，也是有值得赞叹他的地方。
在我心里，
我相信有这个心，
自然愿望
就会实现，
很多事情只是
机缘未到而已。
我相信，只要我有心、有愿，没有做不到的事。
完

·实践篇·

环保是现今社会迫切需要和重要的课题，
而推动环保珍惜地球资源更需从个人做起。
为自己安排一趟环保之旅吧！

环保小常识

如何做环保？环保的意义及目的为何？第一步要先从个人生活中做起，减少资源浪费。例如：多使用环保盒、环保碗筷，随身携带环保杯，减少使用宝特瓶、纸杯。再来则是积极实践资源回收再利用，就是珍惜资源、减少垃圾，回收纸类、塑胶、宝特瓶、铁、铝、玻璃等等，让可回收再利用的产品，都尽可能回收再制，不仅可珍惜地球资源、减少垃圾，更能让垃圾场及焚化炉延长使用寿命。

确实做好分类，才能彻底落实回收。如何做好分类，让我们带您来畅游“基管会资源回收网”，仔细看，动手做，您也能成为一位环保尖兵！

公告应回收物质

目前环保部门公告可回收的物品包括下列几项：

一、容器类：纸容器（含铝箔包）、铁铝罐、玻璃瓶、塑胶类（不含塑胶袋）、聚乙烯对苯二甲酸酯（polyethylene terephthalate; PET）（如宝特瓶）、聚乙烯（polyethylene; PE）（如不透明之清洁剂、洗发精瓶）、聚氯乙烯（polyvinyl chloride; PVC）（如透明之清洁剂瓶、沙拉油瓶）、聚丙烯（polypropylene;PP）（如免洗餐具、果汁瓶）、发泡聚苯乙烯（polystyrene; PS）（如免洗餐具）、未发泡聚苯乙烯（polystyrene; PS）（如养乐多瓶）。

二、干电池。

三、机动车辆（含汽车、机车）。

四、润滑油、轮胎、铅蓄电池。

五、电子电器物品：电视机、洗衣机、电冰箱、冷暖气机。

六、日光灯管(直管)。

七、资讯物品：电脑(含个人电脑与笔记型电脑)及其周边设备，民众可由容器上的回收标志认出可回收物质，若是发现可回收物质，但未标示回收标志，亦可打“资源回收专线”

0800-085717(谐音：您帮我，清一清)检举。

回收管道

民众配合资源回收工作，可通过以下管道进行回收工作：

一、清洁队：民众可将家中资源物品于“资源回收日”交给清洁队带走。

二、贩卖场所回收点：包括“批发或零售式量贩业”、“连锁式清洁及化妆品零售业”、“超级市场业”及“便利商店业”皆设置有资源回收桶可供民众使用。

三、社区、学校、机关、团体回收点：民众也可结合社区或学校力量，共同参与资源回收，只要拟妥计划书送环保部门审查通过，即可获得补助款，从事资源回收工作。

四、环保部门并积极规划于公共场所设置回收点，包括加油站、车站、机场、高速公路休息站、大型风景区等场所，以提供民众更便利的回收管道。各资源物品之回收点及回收商之资讯可至“资源回收网”之“回收管道查询”处查询，若遇回收点或回收商拒收情形，可利用资源回收专线检举。

垃圾分类——家庭垃圾完全分类手册

一、旧衣、废纸应如何回收?

（一）旧衣：环保部门目前虽未公告旧衣及废纸为强制回收项目，但是，旧衣及废纸的回收在国内已有很长的历史，废纸的回收更因“惜纸”的传统，回收率向称世界第一。

如果你家中有些买来只穿过两次、还很新，却不想再穿或穿不下的衣服，不妨在社区或办公室举办跳蚤市场，让它到达新主人的手中，物尽其用。至于其他的旧衣，可以送到教会，或在资源回收日时，打包交给清洁队员。

此外，路上也常见一些旧衣回收箱，或是像可投置旧衣的小货车，但有时这些旧衣柜占据道路，也并不合法，甚至有人质疑，这些回收的旧衣被厂商拿来出售牟利。

以台北市为例，为因应旧衣回收箱的问题，台北市环保局今年二月开始，核准台北市脊髓损伤者协会等六个弱势的社福团体，在台北市设置四百零二座合法旧衣回收箱，它设置的地点都不会影响交通，且都有规定的尺寸、颜色，并清楚标示环保局核准的文号、编号、社福团体的全衔及联络电话，民众可以多加利用。

（二）废纸：如果家中有旧报纸、纸盒等废纸，可以卖给回收商，或用绳子扎好，在资源回收日时交给清洁队员。但如果是社区、办公室做回收，可以进一步用四个纸箱，把废纸分为白纸类、混合纸类、报纸类及牛皮纸类等四类分类回收，可以卖得比较好的价钱，分类后的废纸利用价值也比较高。但请记得，若是纸上有油渍、塑胶覆膜，或是复写纸、蜡纸、掺有其他成分如金属的合成纸、用过的卫生纸、纸尿片，都是不能再生的，不要混入可回收的废纸中。

废纸分类建议方法：

代表名称	代表种类	再制用途
白纸类	笔记书纸、电脑报表纸、白信纸、便条	文化用纸、厕卫用纸
混合纸类	杂志、书籍、影印纸、传真纸	文化用纸、纸板
报纸类	报纸、电话簿	新闻纸、纸板
牛皮纸类	牛皮纸袋、纸盒	工业用纸

二、如何用厨余做堆肥？

利用家里的厨余来制作堆肥，其实不是太难，也不一定会臭气冲天。建议您，可以用一般的塑胶桶，把底部打洞，成为简易的有机堆肥桶，找一些土壤（不能用粘土）来，在桶底铺上六、七公分的土，再把果皮、菜叶、骨头、剩饭等厨余的水分沥干后，铺平放在桶子里，上面再铺土压实，避免臭味逸出，就这样一层厨余一层土，像三明治、千层派的方法一样，最后上层再铺一层较厚，约七、八公分的土。

要注意的是，堆肥桶一定要加盖，并用重物把盖子压紧，不让空气进出，才能把厨余“闷熟”。此外，堆肥桶底部打洞流出来的水，是最佳的“液体肥料”，可以拿来浇花、种菜。在堆肥桶底部的洞口接上同样口径的水管，直接接往废饮料瓶，就可以轻松盛接渗出水，也可避免臭味散出。

如果要让有机堆肥更“营养均衡”，可以到市场上要一些鱼肚、鱼鳞、虾壳等，回家煮熟后，沥干水分加在厨余之中，或到豆浆店要一些做豆浆后废弃的豆渣，增加厨余中的蛋白质。

以这种堆肥桶来制作堆肥，大约等三个月至半年，厨余就会变成黑褐色的粉末，也就是有机肥料，自用、送人两相宜。如果要让厨余更快发酵，可以倒一点喝不完的含乳酸菌的饮料如养乐多在里面，几天内就可发酵。一些推广厨余堆肥的学者，更设计了一种堆肥桶，底部有一个水龙头，不必打洞，就可以把渗出水排出；并调配出一种除臭剂来取代夹在厨余中间的土壤，是由黄豆粉、米糠及酵母菌、乳酸菌、放射线菌、光合成菌等菌种拌合而成的，有除臭、帮助分解、抗氧化的功能。

这种没有放土壤的堆肥桶，在桶子满了以后，要再密封存放二周，让菌种长得更好，之后就可以埋入庭院的土壤中，会在二个月后分解。若家中没有庭院，可以用盆栽内土壤五分，有机肥一分的比例，将还未分解的有机堆肥混合添加在盆栽的土壤中。

如果你也能把厨余做成堆肥，并把其他瓶瓶罐罐、废纸、旧衣都做资源回收，你将会发现，家中的垃圾只剩下原来的十分之一，一个星期倒一次垃圾就够了。另外，要提醒你的是，厨余也应从源头减量，不要煮过量的饭菜，剩下的饭菜可以再煮成稀饭或下面等，真的无法消化的厨余，再拿来放堆肥，才符合环保原则哦！

三、储存容器置于户外者，其设施应不得泄露污水及臭味。

四、储存容器应设有可防止猫狗觅食之设备或措施。

五、一般废弃物应依主管机关或执行机关规定时间、地点及方式排出。

六、家户中大型垃圾收集方式：在实施垃圾不落地的地区，如台北市，如果只有一、二件废家具要处理，你可以打电话到环保局询问，在指定时间将其放置在指定地点，环保局清洁队会免费前往清运处理——但如果数量太多，则必须付费委托民营业者处理。

在有收集垃圾的地区，你可以打电话到当地环保局或清洁队，询问收取大型家具的日子，多半乡镇市每周都固定有一天收取家具等巨大垃圾。

七、排出厨余时，应先沥除水分并妥为包装。

八、刀片、玻璃碎片等尖锐利器以不易穿透容器或材质包妥之并标示。

九、排出垃圾尽量使用国家标准垃圾袋。

十、竹片予以裁剪并捆扎。

十一、封紧垃圾袋口。

十二、有害垃圾应分开储存排出。

十三、张贴或喷漆广告污染处四千五百台币以下罚款，按日连续处罚。

这趟环保之旅真是丰富又明白，原来资源回收分类一点都不难，现在我们就开始伸出双手进行吧！

*环保静思语

垃圾变黄金，黄金变爱心，爱心化清流，清流绕全球，滋润大地，净化人心。

草根菩提故事 · 肆

人心的执着
可以用在坏的地方，
也可以用在好的地方，
像是慈济的师兄姊们执着做回收，
就是一种好的执着。
在刘樱香师姊居住的五股乡，
因位志工们的执着，
资源回收的成绩有目共睹。

心宽如鱼

刘樱香，是台北五股区的培训委员，在她的心里，有一段放不下的过往，随着年岁的增长，以为早已渐渐淡忘，却不知它如影随形地纠缠着。当它悄悄侵蚀了自己和最亲的家人时，这才知道，唯有面对它、放下它，心才能够像鱼一样，在宽阔的水里悠游自在。

人的缘份
是很难
解释的事。
我跟现在的
先生，算是我
第二段婚姻，
而且我们是
小学同学耶！
从一年级到
四年级
都是同班同学，
就是人家说的
青梅竹马。
他最令我感动
的，就是他对我
的爱很执着，让
我感觉到他这辈
子，真的只爱我
一个人。

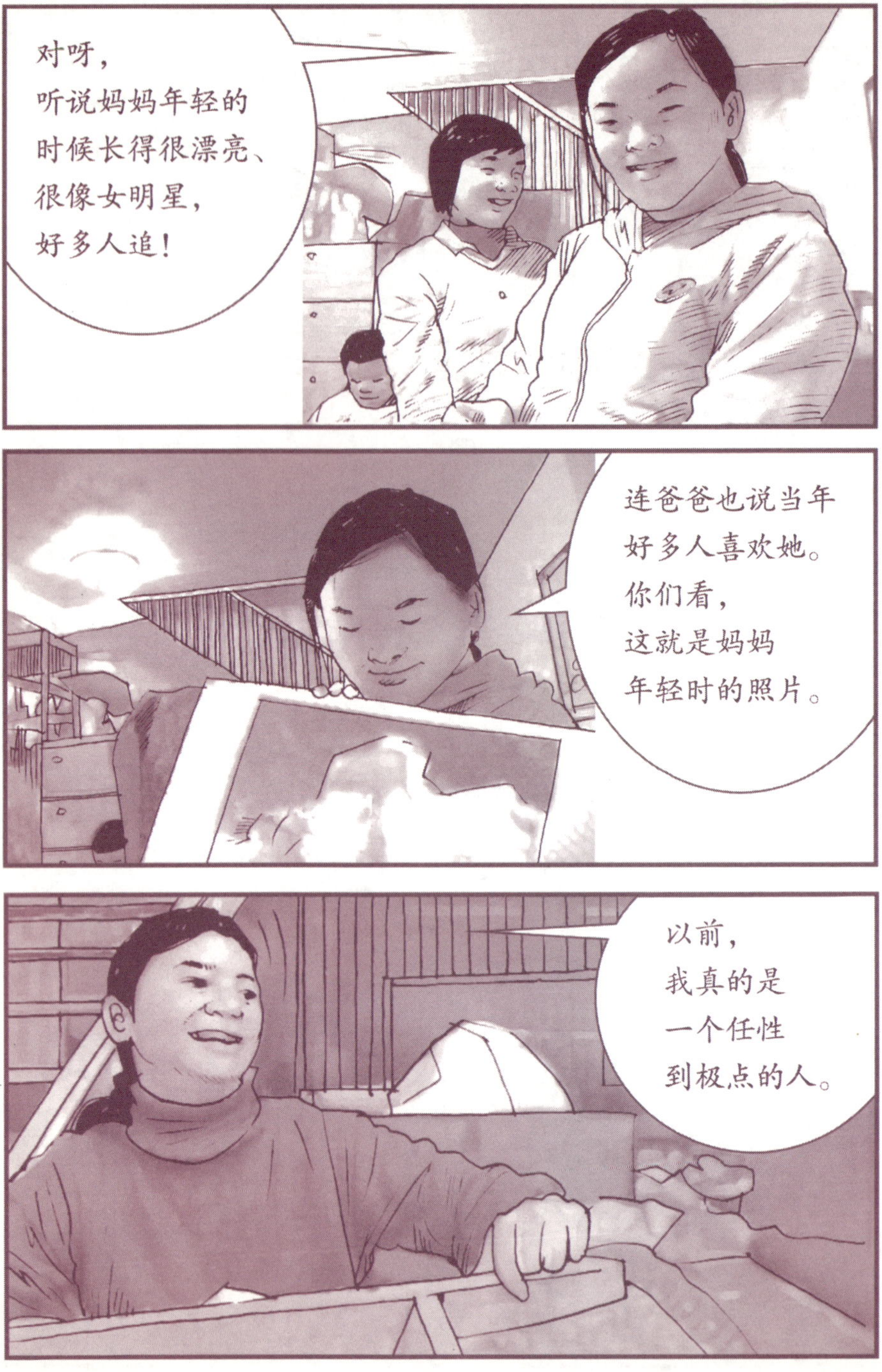
对呀，
听说妈妈年轻的
时候长得很漂亮、
很像女明星，
好多人追！
连爸爸也说当年
好多人喜欢她。
你们看，
这就是妈妈
年轻时的照片。
以前，
我真的是
一个任性
到极点的人。

你们看，以前照片上的我是单眼皮，现在这个双眼皮是割出来的。
因为那时候第一个先生有外遇，她是个有着明眸大眼的双眼皮女孩。
我看到照片，很不服气，决定去割双眼皮，还差点去做胸部的整型，连钱都准备好了呢。
结果割双眼皮后，眼睛肿得好大，两三天都无法看东西。
我先生吓坏了，也觉得好心疼，半夜里抱着我哭，他哭、我也哭。虽然这样我还是很坚持，非要跟他分手不可。

人就是这样，执着可以用在好的地方，也可以用在坏的地方，做回收也是一种执着。
像我们这边的五股乡公所，每天在垃圾车后面都会有一台回收车，大家也可以把资源回收给乡公所。
不过好多人还是会等到我们来才拿给我们，一方面是因为慈济的资源回收，比乡公所早了好几年，
更重要的是他们赞同慈济的理念。

你看，有些人一拿来
就是两袋，这大概是
集合了一、两个月的
回收量，等到慈济
回收车来了，
才拿来放。
而这些瓶瓶罐罐，
他们都会冲洗过才拿来。

总是要有发心的人
执着做回收，
慈济的师兄姊们执着
来载回收，
这样不就是一种
好的执着吗？

我现在的先生会开车帮忙载回收，夫妻能一起做好事是福气，而我们能够再重逢更是一种福气。
当初我们在一起，两个都是初恋，后来分开了，对我来说却是一段很深刻的感情。
虽然我们各自又找到另外的对象，可是，他对我用情还是很深，常常对朋友提起我，很多人没见过我却常听他提起我的名字。

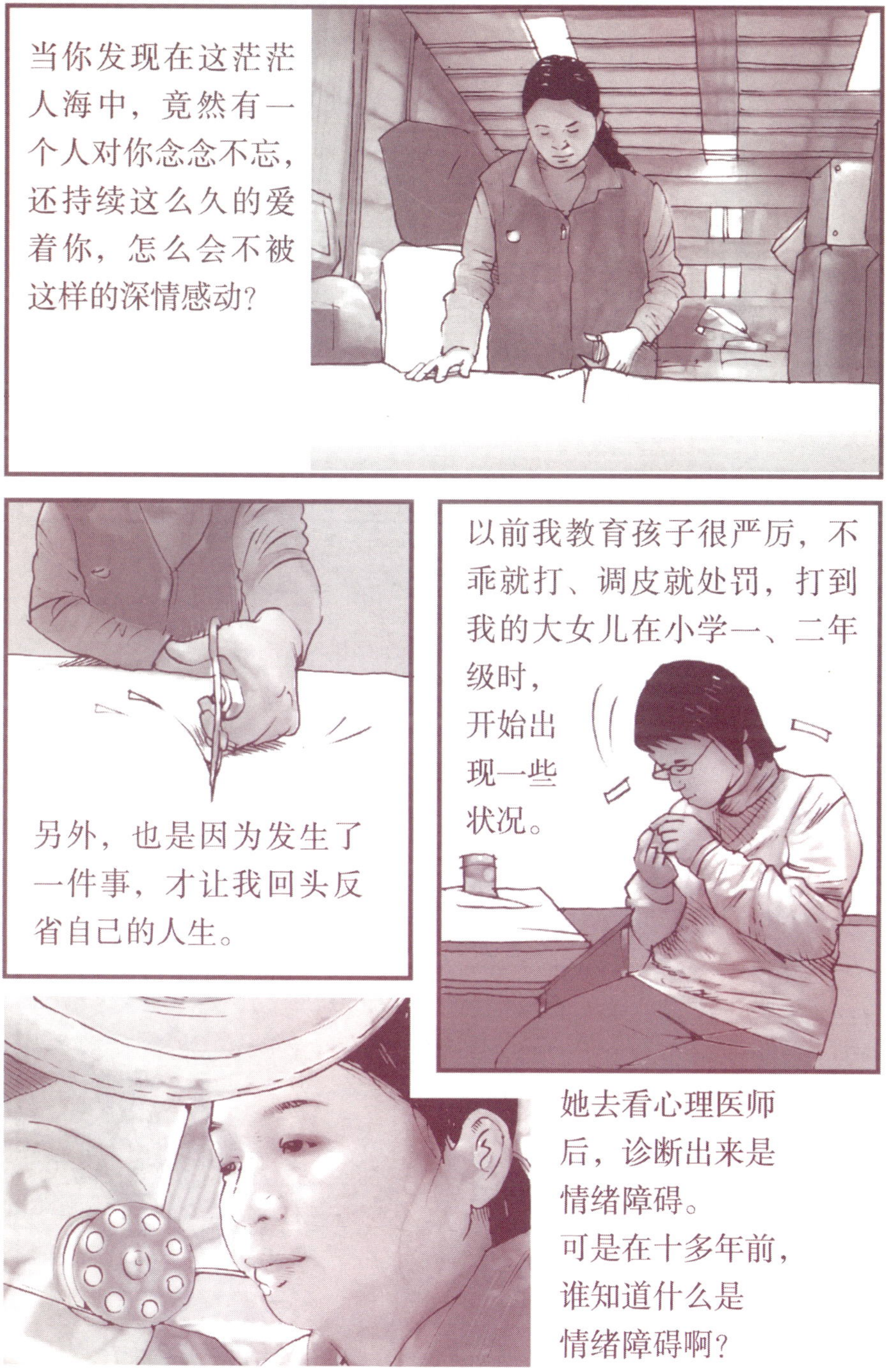
当你发现在这茫茫人海中，竟然有一个人对你念念不忘，还持续这么久的爱着你，怎么会不被这样的深情感动？
另外，也是因为发生了一件事，才让我回头反省自己的人生。
以前我教育孩子很严厉，不乖就打、调皮就处罚，打到我的大女儿在小学一、二年级时，
开始出现一些状况。
她去看心理医师后，诊断出来是情绪障碍。
可是在十多年前，谁知道什么是情绪障碍啊？

陪着她看了三个月心理医生，结果连我也要一起看，因为医生说，女儿的很多问题都是从妈妈这边来的。

我是那种很古板、很传统的妈妈，对小孩管教很严格，一点小错就会打，常常打耶！

打到最后，连在学校都像那种自闭症的小孩了，一个人独来独往的，不跟其他同学玩。

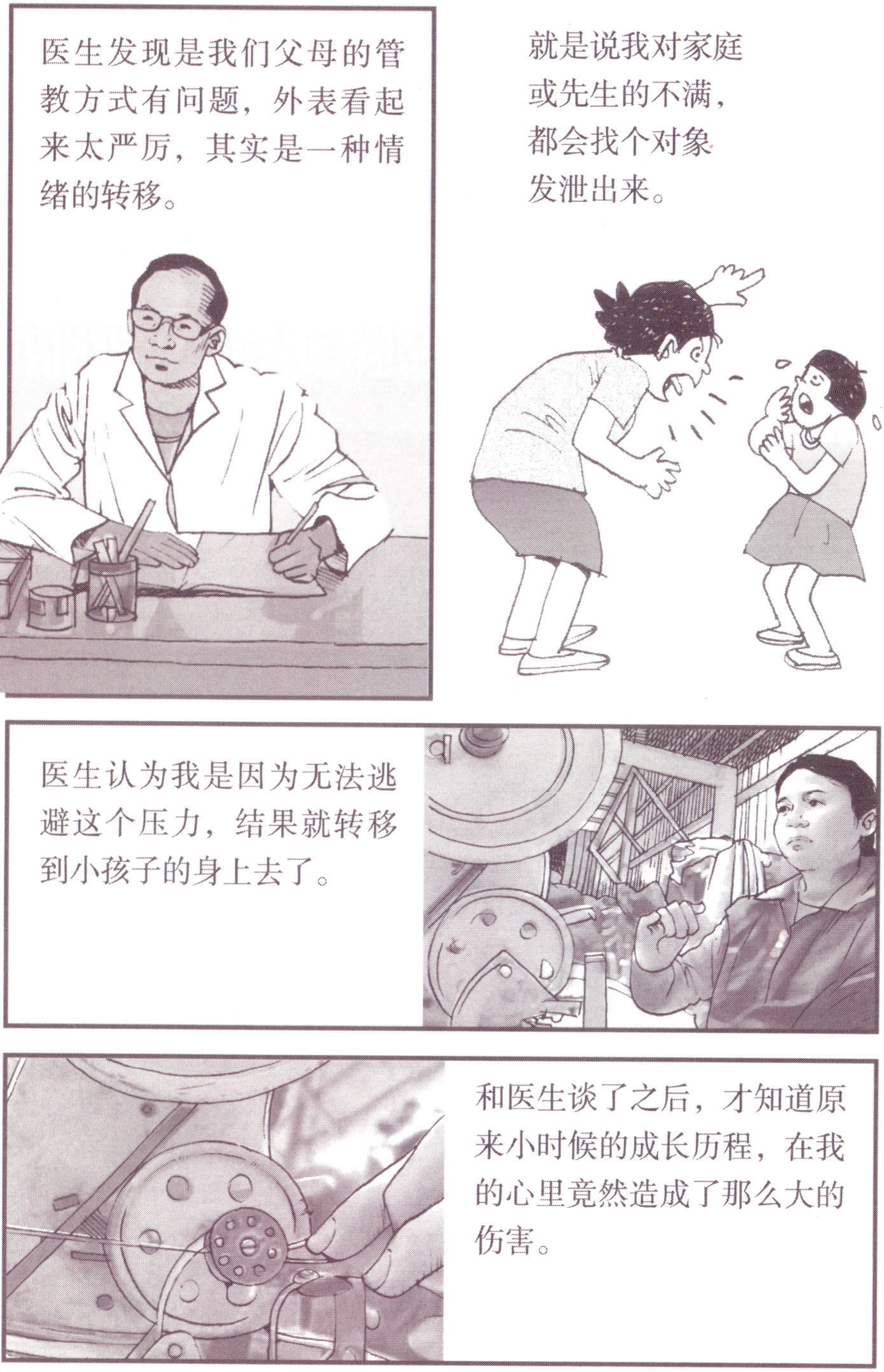
医生发现是我们父母的管教方式有问题，外表看起来太严厉，其实是一种情绪的转移。
就是说我对家庭或先生的不满，都会找个对象发泄出来。
医生认为我是因为无法逃避这个压力，结果就转移到小孩子的身上去了。
和医生谈了之后，才知道原来小时候的成长历程，在我的心里竟然造成了那么大的伤害。

因为我的父母也是这么严厉，尤其是我妈妈。她要我负责照顾弟弟妹妹，不能让他们跌倒，只要出点差错，或是让妈妈不顺心，就会被打。
那段时间，爸爸有外遇，妈妈就把怒气发泄到我身上来了，
原来小时候，自己也是个受虐儿。
没想到我长大以后，会把这样的情绪转移到孩子的身上，可是自己一点都不知道。

我觉得很惭愧，在成长的过程里，从不认为父母应该检讨，总以为天下无不是的父母，怎么样也都不会是父母的错。

好长一段时间，在心里偷偷恨着妈妈，一直到父亲过世，我找妈妈深谈，说出内心多年来那些不能谅解她的怨言，谈到她哭、我也哭。

一直到小学六年级了，妈妈还要帮我洗澡。我不肯，因为夏天热，她帮我洗澡时却不关门，我都一直闪来闪去，不敢对着门口洗澡，那种内心的挣扎实在是非常的痛苦。

这些往事，即使到三十
几岁，只要一想起或
情绪低落的时候，
我就会哭。
那种伤害，很难去表达。

不过，就在和妈妈
恳谈后，两个人就
手握手，把这些事
情讲开了。

我坦白告诉她，
曾经很长的一段时间
我都憎恨着她，
没想到我妈说，
她一直都知道。
后来我们母女俩的
心结，终于打开了。

现在我已经想开了。
因为我面对它，所以可以放下它。心才能够像鱼一样，在宽阔的水里悠游自在。
平常打骂小孩习惯的人，要改并不容易，因为你会不自觉地就做出这种行为来。一个人要改掉根深蒂固的习惯很不容易。

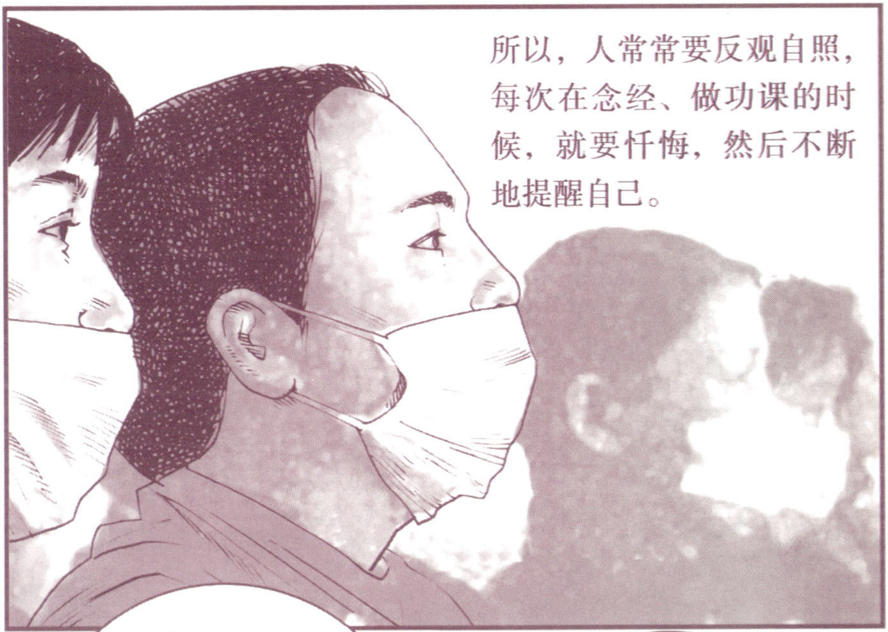
所以，人常常要反观自照，每次在念经、做功课的时候，就要忏悔，然后不断地提醒自己。

夜深人静时，看着镜子、真实地面对自己，跟自己对话。

就好像佛菩萨用慈悲心在怜悯我们、抚平我们的伤口一样。

这里原本是一个山壁，我依着山壁，随便撒一些种子上去，没想到真的开花了。
我们只给它少少的水，它就开出这么美丽的花朵回馈我们，我们当然就要好好地呵护它啰！
其实人生的路，也没有什么好后悔的，无论好与坏，一切都是功德，是与非都是在让我们学习。

我的人生已经缴了那么多学费了，虽然很苦，可是在生命的工程里，也算是学得满扎实的。所以当我听到或看到别人的苦痛时，很能够激起共鸣，对别人的伤痛，也能以同理心去感受。

所以，只要心存感恩，对人生也就自然没什么好埋怨的了。
完

·志工篇·

不论多么劳累、多么辛苦，
仍旧不放松、不懈怠，坚守理想勇往直前，
分秒不空过、步步踏实做，
无怨无悔地为众生付出，而且做得欢喜；
如此丰富、宽广、深刻的人生，就是精进人生。

用心挖掘生命深度

大爱电视台《草根菩提》节目报道过一对老夫妇，先生年轻时是个军官，社会地位崇高，但夫妻俩生活得十分淡泊、节俭。

老夫妇没有子女，几十年来习惯一天只吃一餐，不曾买过漂亮衣服，也不曾花钱享乐；即使房子破烂需要整修，或墙壁需要重新粉刷，都是两位老人家亲自动手做。

他们在生活上省吃俭用、淡泊无欲，内心却有一份坚定的追求，那就是——付出爱心，因此双双投入慈济，不仅受证成为慈济委员、荣董，还经常结伴到医院当志工或在街头做环保 。

邻居们十分好奇："你们住得那么差、吃得那么差、穿得那么差，怎么还有能力去帮助别人？"

他们说："慈济是助人的团体，人多力量大，不仅能帮助台湾地区，还能将爱的力量扩大，帮助世界各地贫困苦难的人。你看，世界上有那么多孩子因为饥饿而瘦骨嶙峋，多可怜！相较之下，我们的生活已经过得很好了。”

这对精进的夫妇，他们保护地球、爱护人生，不仅与人无争、与世无争，还在付出的同时，与人结了许多好缘；他们充分发挥了人身的使用权，这样福慧双修的人生实在是年轻人的好榜样。

努力拓展生命宽度，用心挖掘生命深度。

台北县中和市有一处慈济环保回收站，每天清晨四点多，便可看到一群志工集合在一起，将原本乱糟糟的回收资源整理得井然有序。这个环保站的负责人林居士，以专业理念来推行环保回收工作，鼓励邻里左右用心投入。

林居士认为，环保志工惜福爱物，若能再多花一点时间整理，就能将回收物的价钱提高许多，因此，带动志工用心分类，将纸类回收分为大白纸、中白纸、花纸、报纸、纸板等等。

像这样一位努力拓展生命宽度、用心挖掘生命深度的志工，过去的人生却很迷茫，成天和一群酒肉朋友沉迷在声色犬马之中。然而，自从踏入慈济、开始茹素之后，那些朋友自然而然地慢慢远离他，留下来的都是跟他同心同道同志愿的朋友。

如今，他将环保当成家业，在太太的支持下，提供一块土地专门作为环保回收站，每天和志工们在这里做得很开心。

从被救的人变成救人的人，
人生因此开展出康庄大道。

马来西亚吉隆坡有一对贫苦的母女，老婆婆和女儿全身上下长满一粒粒像葡萄般的肉瘤，许多人看了都很害怕。慈济人不但不怕，还锲而不舍地以行动和温言软语关怀她们，试图化解这对母女长久以来的自卑心态。

终于，她们克服了心理障碍，开始在市场上摆摊卖辣椒，发愿要从困境中自力更生站起来。

刚开始，市场上时常会有好奇的目光投射过来，但是她们很自在，总是对过往行人展露出笑容。渐渐地，一般人都能接受她们异于常人的外貌，也愿意来购买辣椒，让她们能够维持生活。

因为被慈济人的爱所感动，驼背的葡萄阿嬷在母女生活有着落之后，发心投入慈济环保回收。每天生意结束，就在市集里捡纸箱、回收资源，虽然她行动有些迟缓，却很用心地坚持去做。

这对母女从被救的人，变成救人的人；人生，只要方向正确，并且坚持精进向前，就能为自己开创出一条康庄大道。

克服身体不便，

净化心灵境界。

高雄有位阿嬷，从小罹患小儿麻痹，又曾经遭遇车祸，所以行动不方便，必须依靠拐杖行走。但是她有一颗慈悲心，知道慈济在推动斋戒，就和几位志工租了一个店面，开设一间素食馆，将每天营业所得全数捐出——她们开店不为赚钱，只为推广素食、只为付出。

当初阿嬷的儿子不忍母亲如此辛苦，所以告诉她："等你不需要依靠拐杖走路，我就支持你做。"阿嬷想："我现在若不把握时间去做，人生不就白白地浪费了？"因此她每天清晨三点就推着推车出门，一方面可以放下拐杖，一方面可借由推车搬运东西。

阿嬷用心克服一切困难障碍，不仅感动十二位好姐妹天天来洗菜、切菜；就连房东也利用工作之余投入她们的行列，帮忙搬东西、买东西、打杂，并且风雨无阻天天接送阿嬷回家。

看到这样的人生，真是令人又敬又爱。

什么样的人生才能真正满足？观念、方向正确，做得踏实、分秒不空过，这就是最欢喜、最满足的人生。

能够对自己的身心下功夫，无怨无悔地为众生付出，且做得欢喜；如此丰富、宽广、深刻的人生，就是精进的人生。

＊环保静思语

天地有土石流，人心也有土石流，烦恼就如心灵受灾，要避免心灵灾难,就要做好“心灵水土保持”。

草根菩提故事·伍

人生回头看，
每个人都会看到
自己辛苦和快乐的一面，
只看辛苦，人生过不下去，
多想想自己曾有的快乐，
你会发现，自己还是很幸福的。

知足

廖玲娟，是台北新庄区的环保志工，
原以为人生会平淡地过，
没想到突如其来的变故，
改写了她的人生。
不是所有的人，
都可以无波无浪地欢乐过一生，
有些人的命运偏偏就是比别人坎坷，
但是就因为她有颗知足而温暖的心，
才让自己度过严寒，
还找到人生的另一个春天。

阿嬷，
天亮了喔！
既然天亮了，
就赶快吃一吃，
才能开始
做事情啊！
大家口中的阿嬷，
就是我妈妈，
她很早就在做环保，
还没做慈济回收以前，
我们做分类，
都是把它捡给一些生活
较艰苦的人。

原本这个回收点是妈妈负责的，我姨丈往生时，妈妈去陪阿姨，她很担心这个点没人照顾，

我跟妈妈说不用烦恼，我和她出去做两天，就知道怎么做了，结果这个点就一直由我来收了。
慢慢地，又扩展了很多的点。

像这个便利商店的过期食品，丢掉也是可惜，我就帮他们拿去喂猪。

早上，
我跟妈妈一起出门
做资源回收，
当作在做早课一样。

做完环保就到
儿子开的文具店来。
因为男孩子嘛，
不是很会整理、打扫，
所以我就帮忙
到处擦一擦，
卖文具，
就要干净啊！

707
我先生也在这店里卖公益彩券，我来这边可以帮忙。
这间店是之前的文具店老板想转让，我们才接手做的。
刚好儿子也没有工作，自己当老板，时间也比较自由。

有空的时候，先生
也会陪着我去做回收。
现在的先生，
是我的第二春，我们
是在乐生疗养院
认识的。
因为我的第一位先生，
在一九七五年时，
突然生病了，
到荣总去检查，
才知道竟然得了
麻疯病。
那时候我们已经有三个孩子，老四也快临盆了。当时不知道有乐生疗养院，后来，才知道有这样一个地方。可是先生怕我快生产了，没人照顾我和孩子，知道了也不敢去。

结果等到我生完孩子，他已经病得很厉害，还没坐完月子，他就住到乐生了。

他发病时，几乎无法下床。那段时间，我们全家都住到疗养院旁边。

我在疗养院的市场卖包子和早餐，独自把孩子抚养长大，大家都叫我“包子娟”。

我们住的那个茅草房，
就在这个地方的后面，
现在都已经拆掉了。
哇！很久没看到你了，怎么还这么年轻、漂亮，都不会老哦！

那个茅草房本来是人家养兔子的，他们搬走后，我就用八千块跟他买。

我们都是擦慈济面霜的啊！

那时候也没想到，
先生一住进去，
就再也出不来了，
他在一九八一年
去世，
前后六年的时间。
我一个人
还得带四个孩子，
大家都担心我，
日子要怎么过
下去呢？

好多人叫我改嫁，
把四个孩子放到
育幼院去。

可是
自己的儿女，
无论如何辛苦，
也要把他们
抚养长大啊！

现在都
已经过
了二十
几年了，
孩子不
也都长
大了吗？
文具

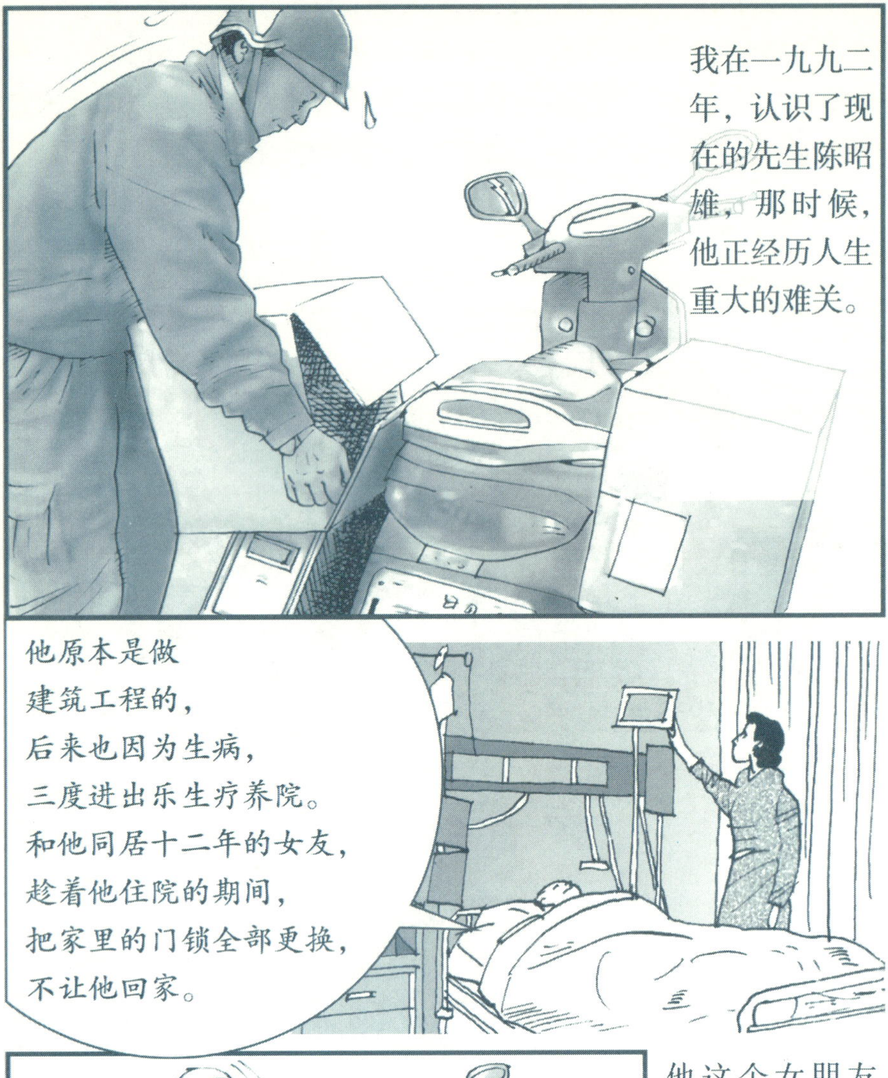
我在一九九二年，认识了现在的先生陈昭雄，那时候，他正经历人生重大的难关。
他原本是做建筑工程的，后来也因为生病，三度进出乐生疗养院。和他同居十二年的女友，趁着他住院的期间，把家里的门锁全部更换，不让他回家。
他这个女朋友很爱赌博，把他赚的钱输光光不说，还在外面用他的名义借了很多钱。

又病又伤心的
他非常痛苦，
想放把火将房
子烧光，和她
同归于尽。

我一直劝
他，千万
别做傻事，
毁了自己。

我告诉他，
我们这辈子欠人家的，
就要欢喜还；
要是没有欢喜还，
到了下辈子，
反而要加倍利息还人家。
就把它当做是你
上辈子欠她的吧！

他已经照顾她十二年了，
就算欠她的，也还完了。

我应该要感激她的，若不是因为她，我和我先生
也没有这个因缘，又怎么能够在一起互相扶持？

我的身体也很差，除了糖尿病，还长骨刺，严重时还会休克。所以，我生病的时候他照顾我，他病了我照顾他。总算有一个老伴。

孩子毕竟都有
各自的家，
总不能有一点小事，
就要他们请假
回来照顾我啊！

所以我们就办了一场简单的婚礼，一晃眼，也过了十几个寒暑。有这个老伴很好，我做回收时，瓶罐都还可以自己来，
可是回收这些书，又重、又多，若是没有他的帮忙，怎么有办法做？
每次看到这么多回收的东西，如果没把它们全部载回去，就会觉得好可惜。

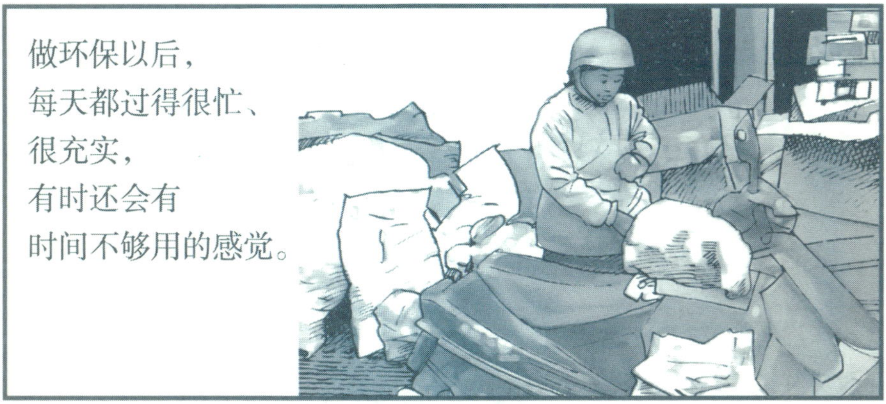
做环保以后，
每天都过得很忙、
很充实，
有时还会有
时间不够用的感觉。

每天一大早和妈妈
做完环保，
回家吃过早饭后，
就会载妈妈去新庄的
裕民环保站，
继续做回收的分类，
之后我才会去文具店。

想想，
我这样的年纪，
还能跟妈妈
在一起，
真的是很幸福。

妈妈会自己晒茶叶，做茶叶枕头。

妈！
这些也可以晒一晒，再做另一个枕头。

妈妈都是睡这个茶叶枕。

其实我很感恩
哥哥、姐姐，
因为他们很放心，
把妈妈交给我，
所以，
我才能天天和妈妈
在一起啊！

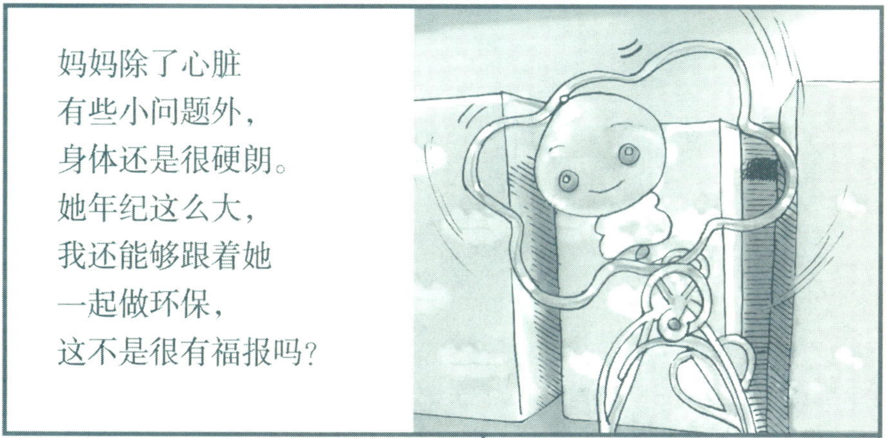
妈妈除了心脏
有些小问题外，
身体还是很硬朗。
她年纪这么大，
我还能够跟着她
一起做环保，
这不是很有福报吗？

人生回头看，
每个人都会看到自己
辛苦和快乐的一面，
可是，只看辛苦，
人生是走不下去的，
多想想自己曾有的快乐，
你会发现，
自己还是很幸福的。
完

图书在版编目（CIP）数据

让地球笑眯眯：为环保志工加油！/ 证严编文；施凯文绘．—北京：九州出版社，2007.12
（地球的孩子系列）
ISBN 978-7-80195-760-3

Ⅰ.让… Ⅱ.①证…②施… Ⅲ.故事—作品集—中国—当代 Ⅳ.I247.8

中国版本图书馆 CIP 数据核字（2007）第 182424 号

著作权合同登记号：图字01-2007-6011
本书由静思文化志业有限公司独家授权出版中文简体字版

让地球笑眯眯：为环保志工加油！

作　　者　证严法师
出版发行　九州出版社
出 版 人　徐尚定
地　　址　北京市西城区阜外大街甲 35 号（100037）
发行电话　（010）68992190/2/3/5/6
网　　址　www.jiuzhoupress.com
电子信箱　jiuzhou@jiuzhoupress.com
印　　刷　北京毕诚彩印厂
开　　本　889×1194 毫米　32 开
印　　张　5
字　　数　40 千字
版　　次　2008 年 1 月第 1 版
印　　次　2008 年 1 月第 1 次印刷
印　　数　1-7000
书　　号　ISBN 978-7-80195-760-3/I・397
定　　价　20.00 元